ヒークシュン

ハ・パ・パックショイ

ヘックション

ヘハクションションション

ハークション

ヒックショイ

クシュン

ハークション

フ・フ・フワッショイ

ヘークショイ

ブシャイ

クション

バクショーン

ヘ

まよなかの くしゃみたいかい

作　中村翔子　絵　荒井良二

PHP

どよう日《び》の　どうぶつえん。
なんだか　あさから　あめが　ふりそうな
おてんきです。

「きょうは、おきゃくさんが　すくないだろうな」
しいくがかりの　げんさんは、
そらを　みあげて　つぶやきます。

まもなく　おりの　そうじが　おわりました。
いよいよ　えさの　じかんです。

さあ、
ごはんだぞーっ!!

いつもなら　よろこんで
かけよってくる
どうぶつたちが、
なぜか　きょうは
しらんぷり。
「どうしたんだ？」
なんど　よびかけても、
みんな　じっと　そらを
みあげたまんまです。

そのうち　あめが　ふってきました。

「ほうら、はやく　おりに　はいらないと、
かぜを　ひいちゃうぞ！」
げんさんは　あめに　ぬれながら
さけびますが、どうぶつたちは
じっとしたまま　うごきません。

「いったい　どういうことだ」

すっかり
あるきつかれた
げんさんは、ベンチに
すわりこみました。
「ふぅー、やれやれ」
そのときです。
「あっ、
そういえば
あいつら、

まよなかに
おならたいかいを
ひらいて、おおさわぎ
したことが　あったよな。
あのときも
ひるまの　ようすが
おかしかったぞ」
げんさんは、すこし　まえに
おきた　じけんを　おもいだしました。

ブォー
プゥー…
プス
ボン
パン
スピピィー
ブバン

「さては、また　なにか　たくらんでいるな」
げんさんは　よなかじゅう　どうぶつたちを
みはってみることに　しました。

ボーン！

まよなかの　どうぶつえんに、
とけいの　おとが　ひびきます。
ブルブルッ！
げんさんは　からだに　ふるえを　かんじて、
めが　さめました。
「おや、やっぱり　さわがしいぞ」

げんさん

みると、ひろばには　おおぜいの
どうぶつたちが　あつまっています。
「こんやは　いったい　なにを　はじめる
つもりだろう？」
ねむい　めを　こすって　まっていると……

フ

「クシュン」
かわいらしい　くしゃみが
一《ひと》つ　きこえてきました。
「はい。いまのが、チンパンジーさんの
くしゃみです。これより　大《おお》きな
くしゃみが　でる　かたは　いませんか？」

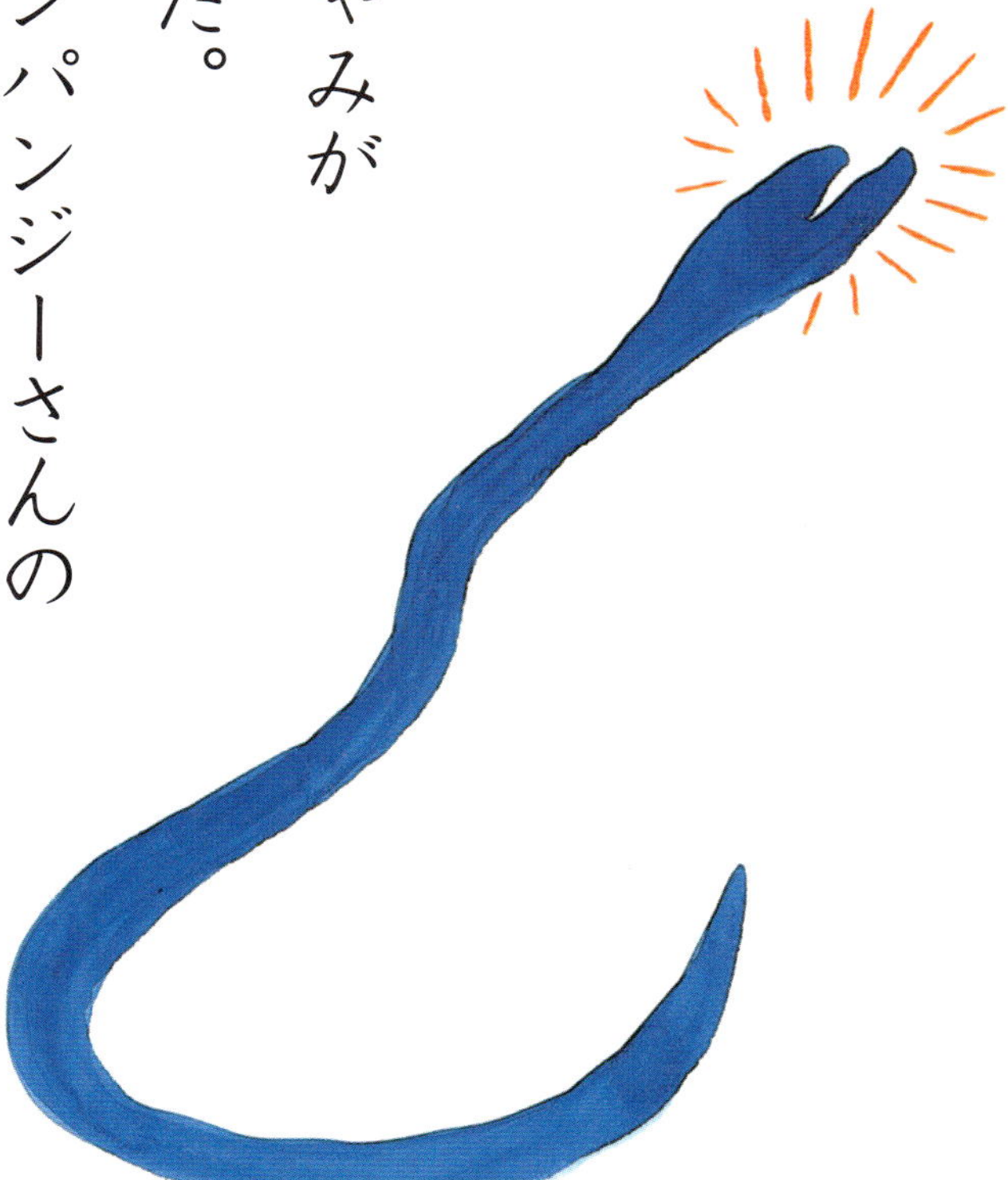

へびが　きどって　しかいを　つとめています。
「おならたいかいの　つぎは、
くしゃみたいかいだったんだ！」
げんさんは　びっくりです。
「なるほど。大《おお》きな　くしゃみを
だすために　わざと　かぜを
ひこうと　していたんだな」
そうです。くしゃみを　するのは、
にんげんだけでは　なかったのです。

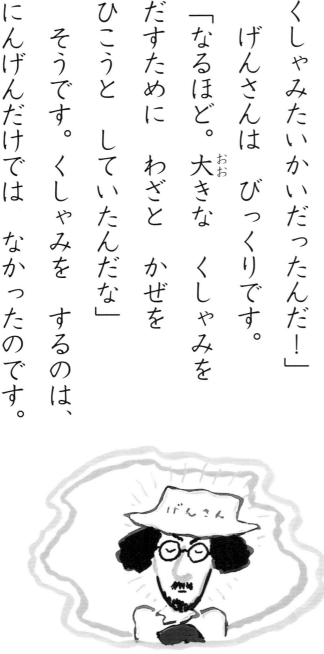

フ・フ・フワッショイ!!
ハークショイ
ハッビー
ヘ・ヘークション
ブジャイ
クション!!
ヘクショーイ

「では、おつぎの
かた　どうぞ！」
へびの　こえを
あいずに、いんこや
うぐいすたちが
さっと　一《いち》れつに
ならびました。
「では、はりきって
どうぞ！」

すると、
「♪ルルル　ルル
この　うつくしい　こえ
♪ルルル　ルル
きこえるかしら
どこまでも
♪ルルル　ルル
とっても　じまんの
こえだもの」

うたいおわった　とりたちは、
「いかがかしら？　オホホホホ」
「いやあ、いい　うたでしたが、きょうは
カラオケたいかいでは　ありません」
へびの　つめたい　一《ひと》ことに、
「あーら、しつれいしちゃうわね！」
とりたちは　ぷんぷん　おこって
かえっていきました。

「では、おつぎの　かた！」

がんばれ！

そこへ　するする　あらわれたのは、
はずかしがりやの　パンダです。
「みんな　きたいしているよ」
「がんばれ！　がんばれ！」
もじもじしている　パンダを
みんなで　やさしく　はげまします。
「じゃあ　ぼく、がんばる」
すると、なにを　おもったのか、

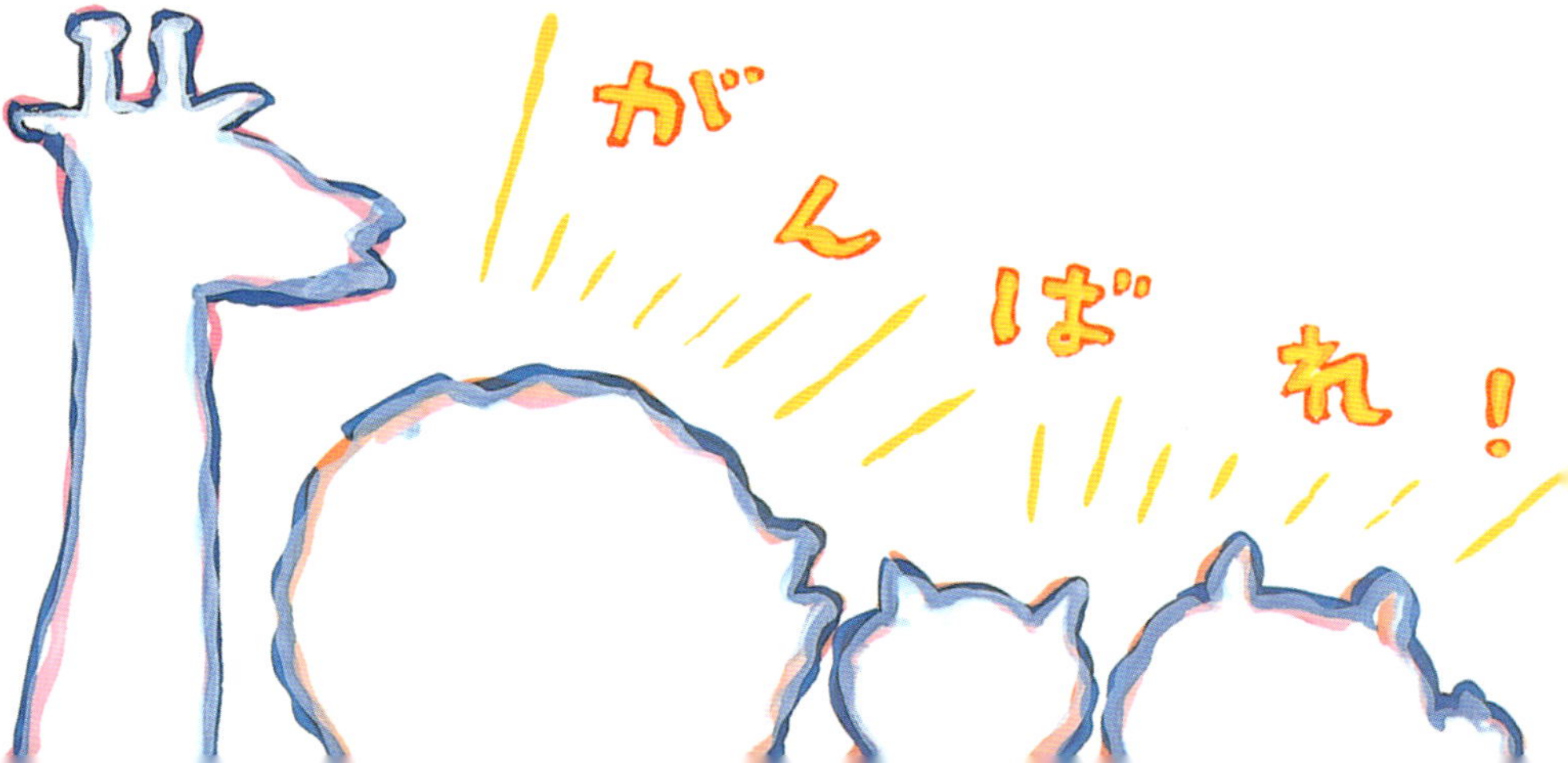

パンダは　とつぜん
でんぐりがえりを
はじめました。

ゴロ
ゴロン
ゴロゴロ

「えーっ？」
へびが　おどろいていると、　つぎに
「あらよっ！」
と、みごとに　さかだちまで　きめたのです。

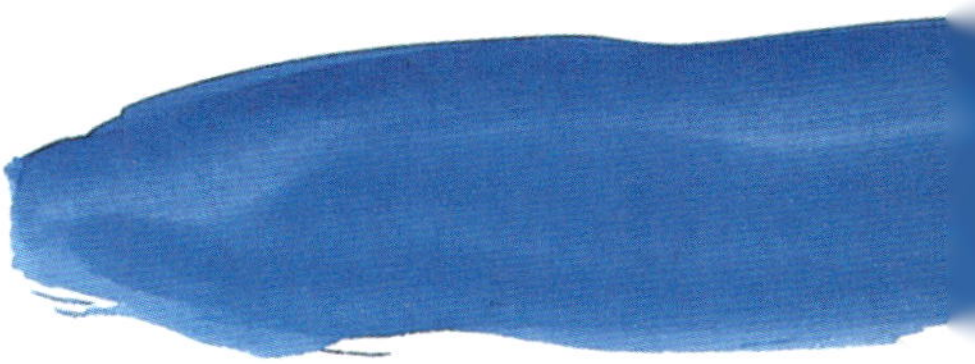

「せっかくだけど、きょうは
かくしげいたいかいでも　ありません」
「あっ、そうでしたか」
パンダが　するする　うしろに　さがると、

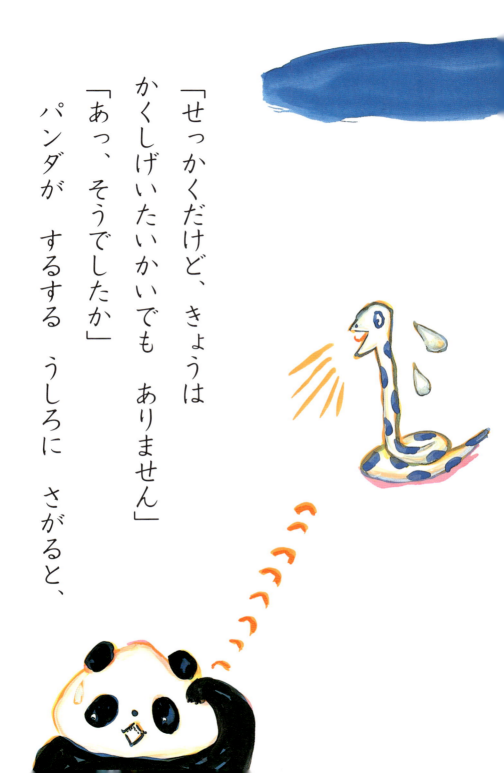

こんどは　こぞうの　でばんです。
「おならたいかいで　ゆうしょうした　ぞうさんだ。
きっと、くしゃみも　すごいに　ちがいないぞ」
「うん、たのしみだ」
どうぶつたちは　どきどきして、
その　しゅんかんを　まっています。
「では、どうぞ！」
へびの　こえも　はりきっています。

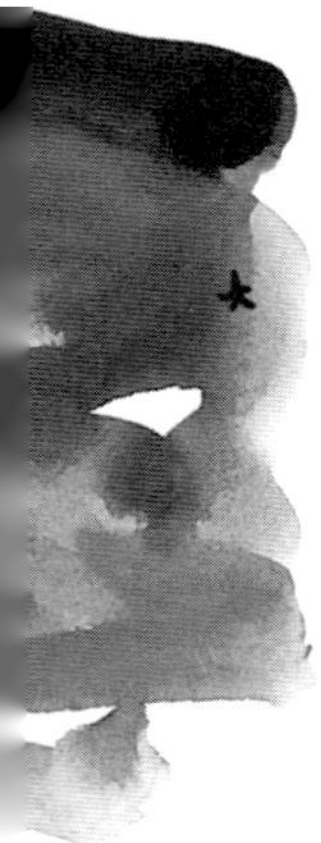

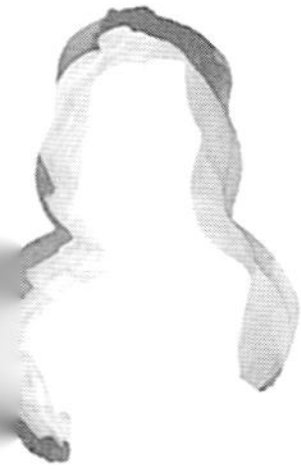

が、どこにも
こぞうの　すがたが　ありません。
「いったい、どこに　いっちゃったの？」

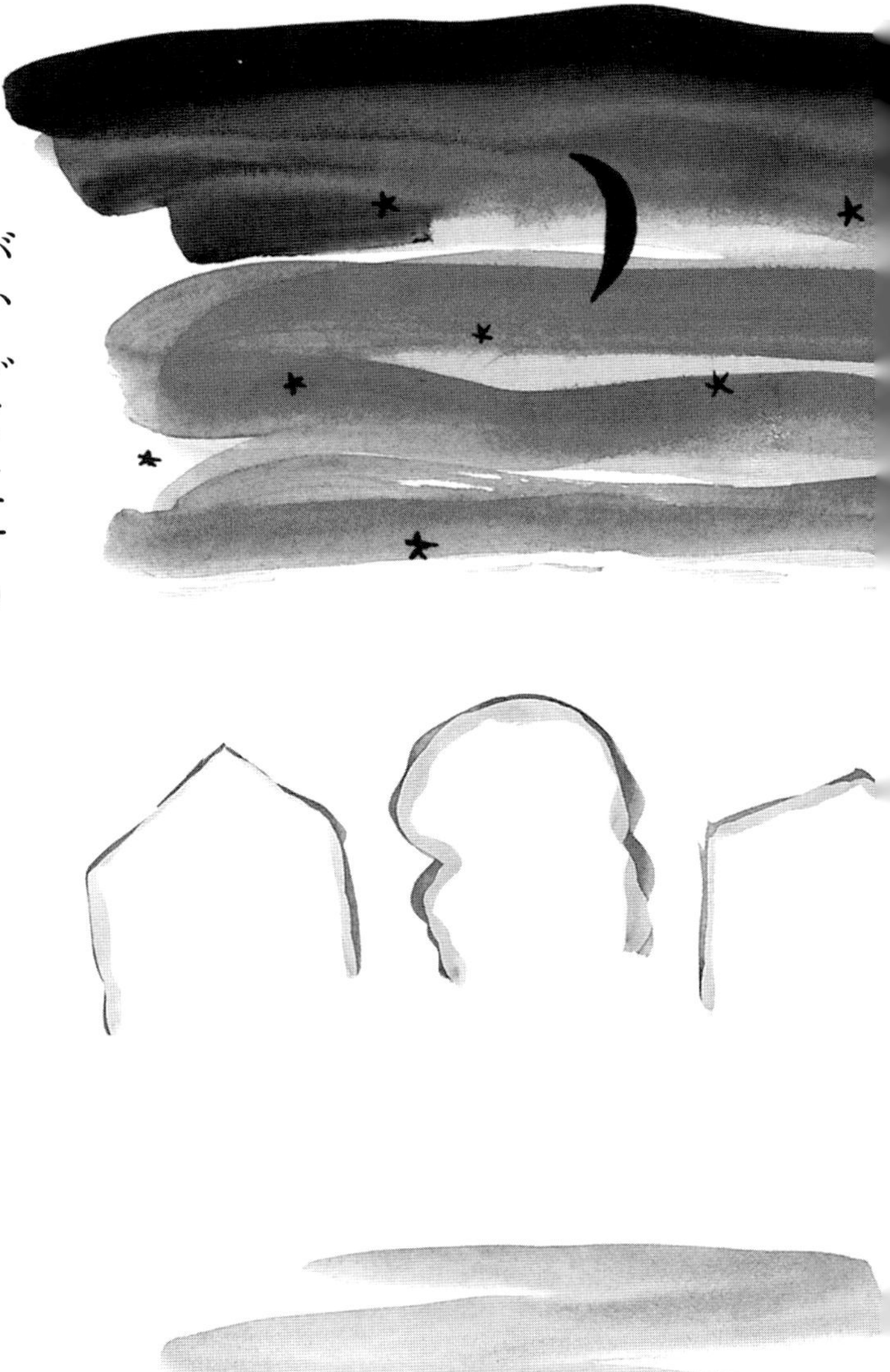

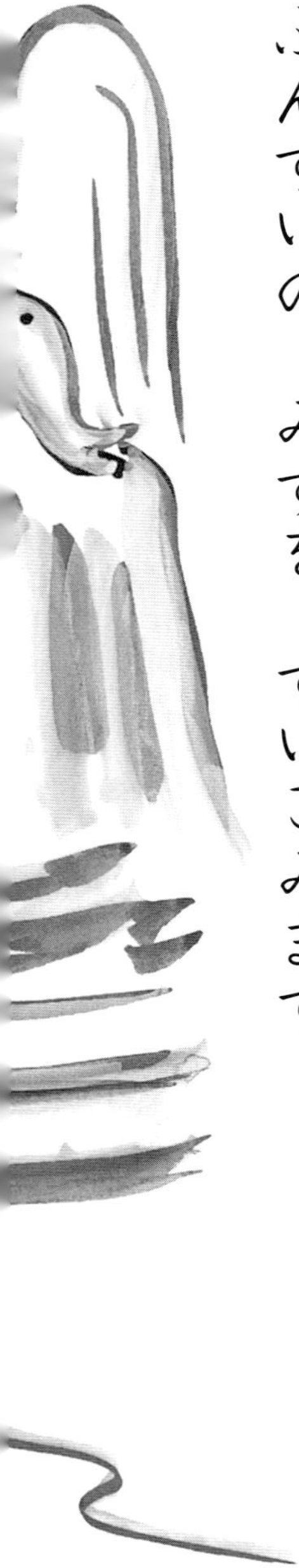

どうぶつたちが　きょろきょろ　あたりを
みまわすと、こぞうは　なんと、ふんすいの
まえで　シャワーを　あびているではありませんか。
「なに　しているんですか？」
へびが　こえを　かけると、
「チンパンジーには　まけたくないんだよ」
そう　いって、こぞうは　また　ながい　はなに
ふんすいの　みずを　すいこみます。

シャー
シャー
シャー

「ぼく、かぜを　ひこうと　おもって、きょう　たくさん　あめに　ぬれたんだけど、たりなかったみたい。でも　こうしてると、きもちが　いいんだよなあ」

「そうみたいですね」

へびが　あきれていると、こぞうのみずしぶきが　つぎの　でばんのらいおんに　かかったから　たいへんです。

「ひゃあ、たすけてくれえ！　おれさまは

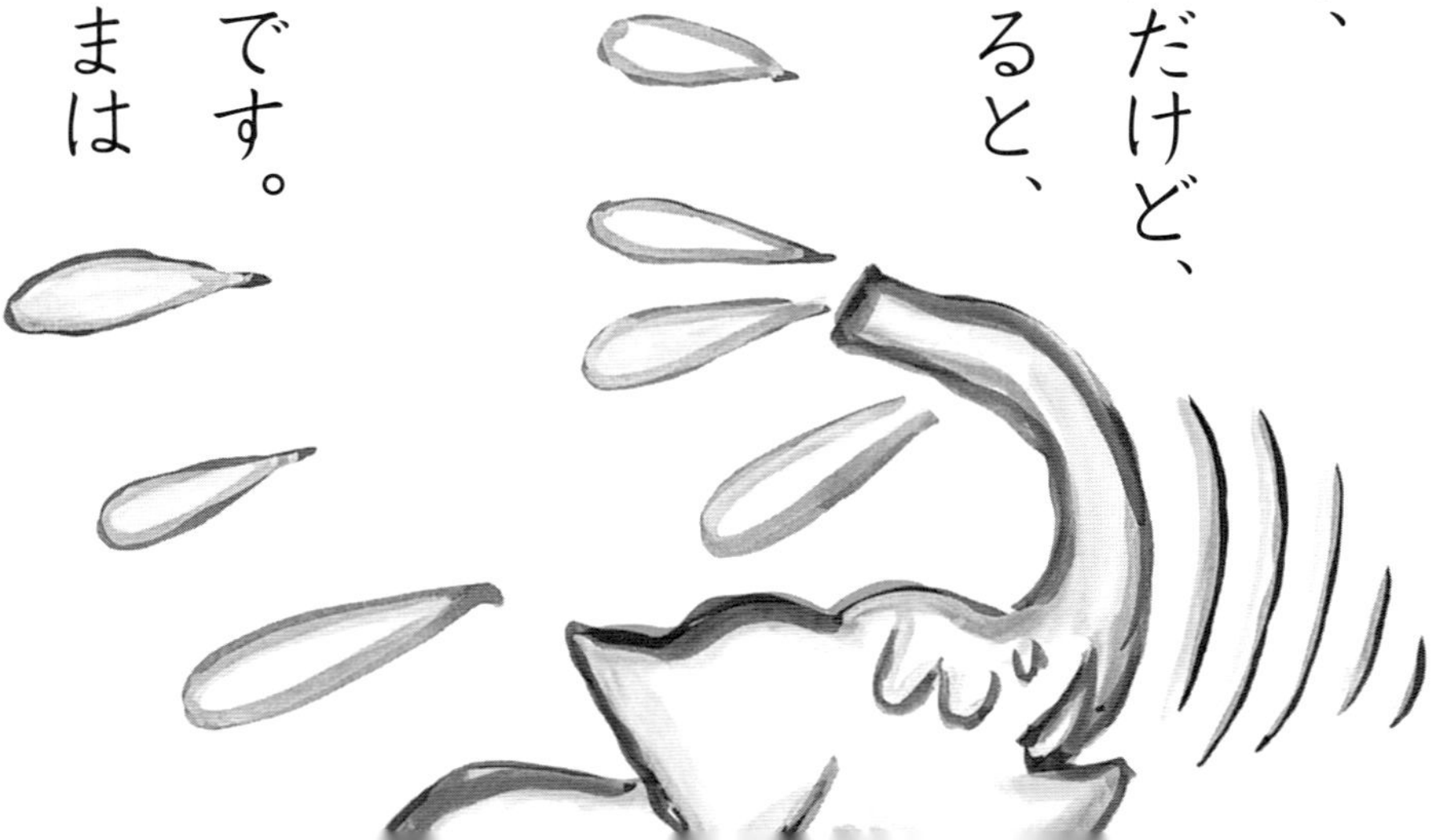

みずが　にがてなんだよう！」

そういえば　きょうの　ひるま、らいおんだけは
ずっと　あまやどりを　していましたっけ。
「えーっと、らいおんさんの　くしゃみは
どんなものでしょう？」
へびの　しつもんに、らいおんは
いばって　こたえます。
「おれさまの　この　くちを
よおく　みているんだぞ」
そう　いって

からだを　ブルブル
ふるわせると、
おもいきり　くちを
あけてみせました。
「これは
すごいぞ」
　みんなが
そう　おもった
しゅんかんです。

スー…

スーッ

「ひゃあ！　たすけてえ！」

らいおんが　だしたのは

くしゃみでは　なく、

たいへん　くさい　おならだったのです。

あまりの　においに、どうぶつたちは

いっせいに　たおれてしまいました。

「おならたいかいは　もう　おわりましたよね！」

「ああ、そうでした」

らいおんも　すごすごと　ひきさがります。

「では、おつぎの　かた！」

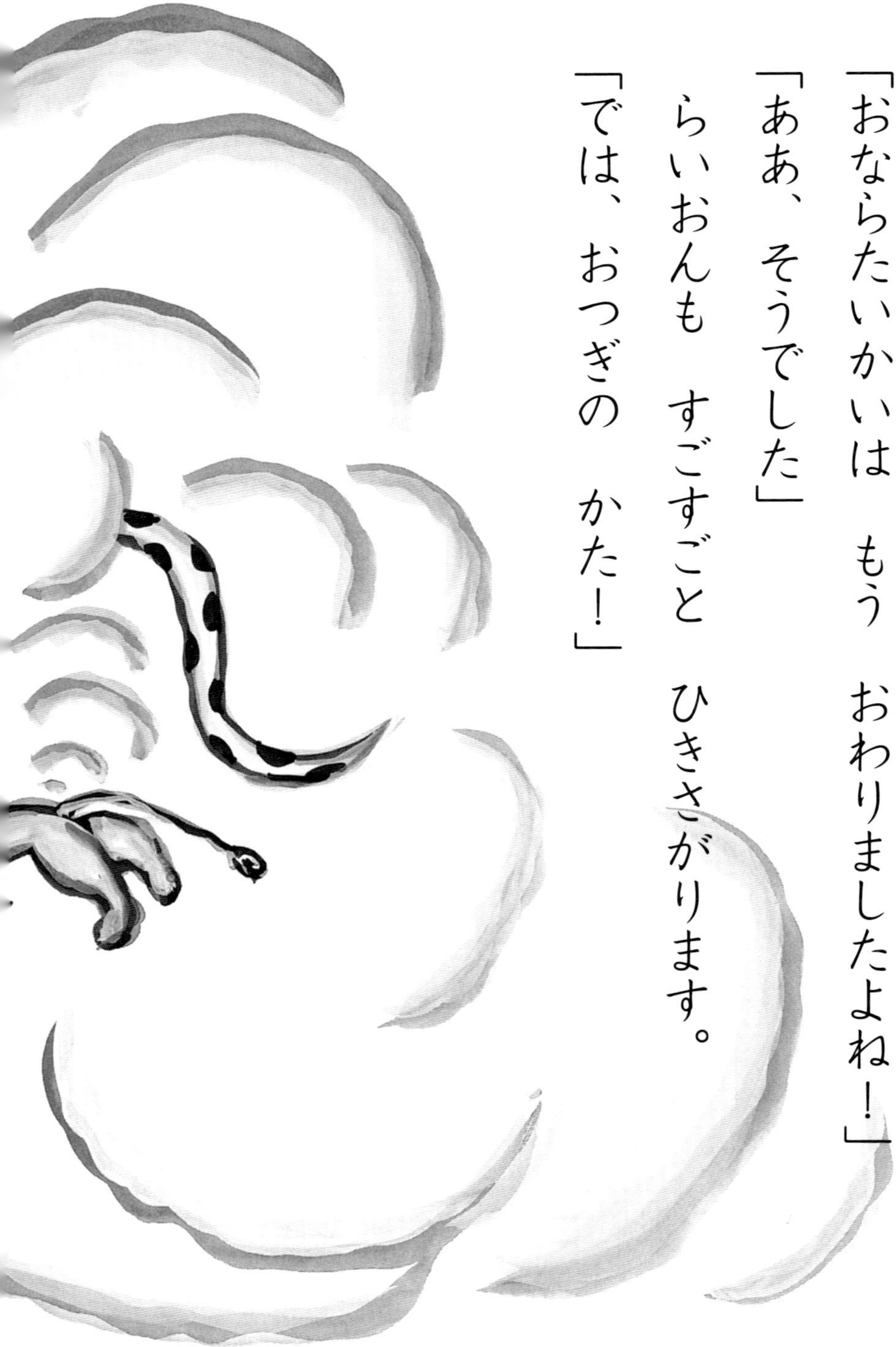

「おっす！」

まちくたびれていた　ごりらの　おでましです。
「これで、きょうの　ゆうしょうは
おいらに　きまりだな」
そう　いって、からだを　ふるわせると、
ひるまから　ためていた　くしゃみを
ヘークション！　ハークション　ションション！

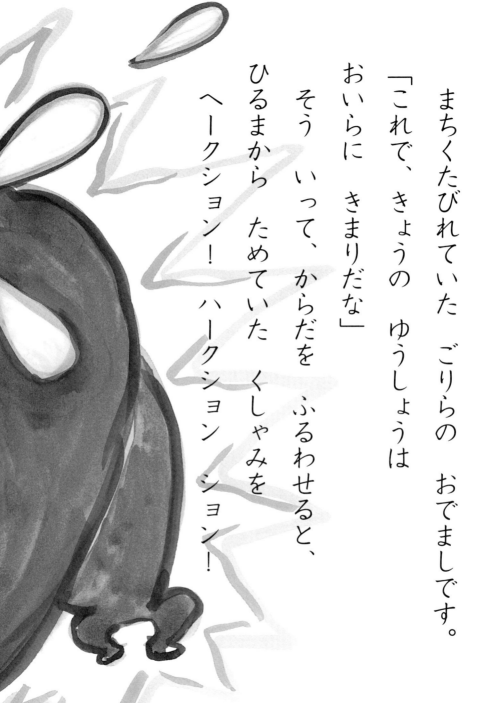

ヘークション!!
ハークション ション!!

「うわあ、
すごい！　すごい！」
「さすがだね！」
みんなは
ごりらに　大《おお》きな
はくしゅを　おくります。
が、うしろのほうから　のっそりと
かばが　すがたを　みせました。
「ぼくを　わすれて　もらっては　こまりますねえ」

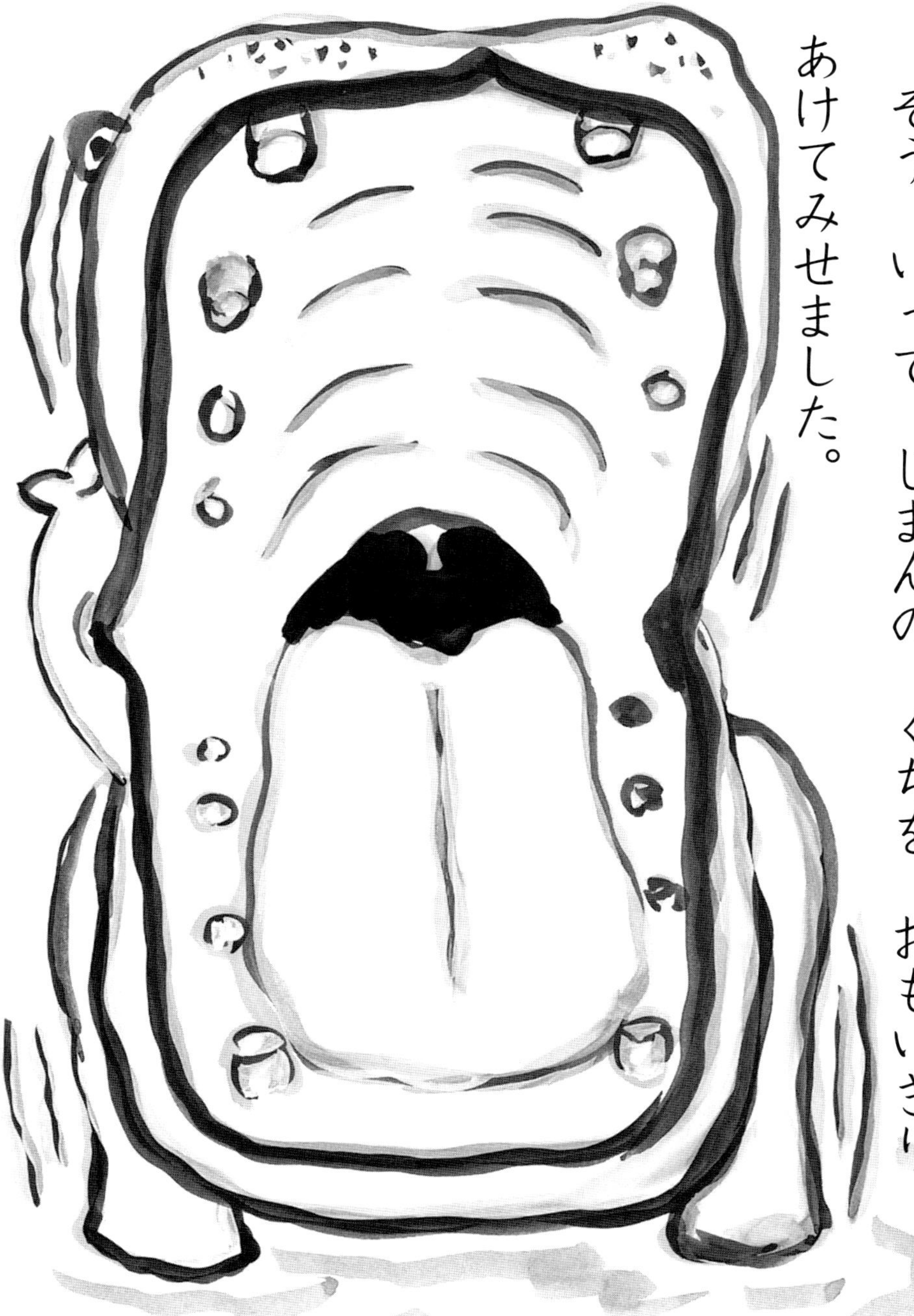

そう いって、じまんの くちを おもいきり
あけてみせました。

「あの、それは　あくびじゃないですか？」

へびが　たずねたとたん、かばの　からだは
がくがく　ふるえはじめました。

「おっ、いよいよですか！」

そのときです。

「あわわわわ、
うわわわわ」

「どうしたんですか！」

へびが
ちかづいてみると、
なんと
かばの　あごが
はずれているでは
ありませんか。
「おやまあ、きを
つけてくださいよ」

「よっこらしょ！」
どうぶつたちは、
ちょっぴり　わらいを
こらえながら、かばの　あごを
もとに　もどしてあげました。
「いやいや、これは　しつれい。
こんどこそ　みててください！」

そう　いうと、　またもや　かばの　大《おお》きな
からだが　ふるえだしました。
ブルンブルブル　ブルルンブン！

ブルンブルブル　ブルルン　ブン！

こんどは　かばの　しっぽが、
プロペラのように　ぐるぐる　まわりはじめました。
「ひゃあ、たすけてえ！」
みると、あたりいちめんに
かばの　うんちが　とびちっています。

「いや、これまた　しつれい。
こんどは　てっきり　くしゃみが
でると　おもったんですが」
かばは、さすがに
かおを　あかく　しています。
まもなく
ボーン！
とけいの　おとが　なって、
こんやの　くしゃみたいかいは　おわりました。

さて、つぎの日《ひ》は　あさから　大《おお》あめです。
「きょうは　ちゃんと　えさを　たべるんだぞ」
げんさんは　びしょぬれに　なって　えさを
くばりますが、きょうも　どうぶつたちは
そとに　でたまんまです。
「ちゃんと　たべないと、びょうきに　なって
たおれるぞ！」

みると、ごりらは　ずるずると　はなを
たらしています。
「ほうら、やっぱり　ひどい　かぜだ」
しかも　ひっしで　くしゃみを
こらえている　ようすです。
げんさんが　くすりを　のませようと　しても
いっこうに　いうことを　ききません。

ばんさん

「まったく　こまった　やつだ。
これは　なんとか　して　くしゃみたいかいを
やめさせないと　いけないな」
げんさんは　あめの　なか　しごとを　しながら、
一日《いちにち》じゅう　そればかり　かんがえていました。

こぞうは　きょうも
あさから　みずあびばかり。
トラも　えさを　たべず、
ひたすら　プールで　およいでいます。
パンダは　へやの　まえで　くちを
なんども　あけています。さかだちは
やめて、くしゃみを　だそうと　ひっしです。

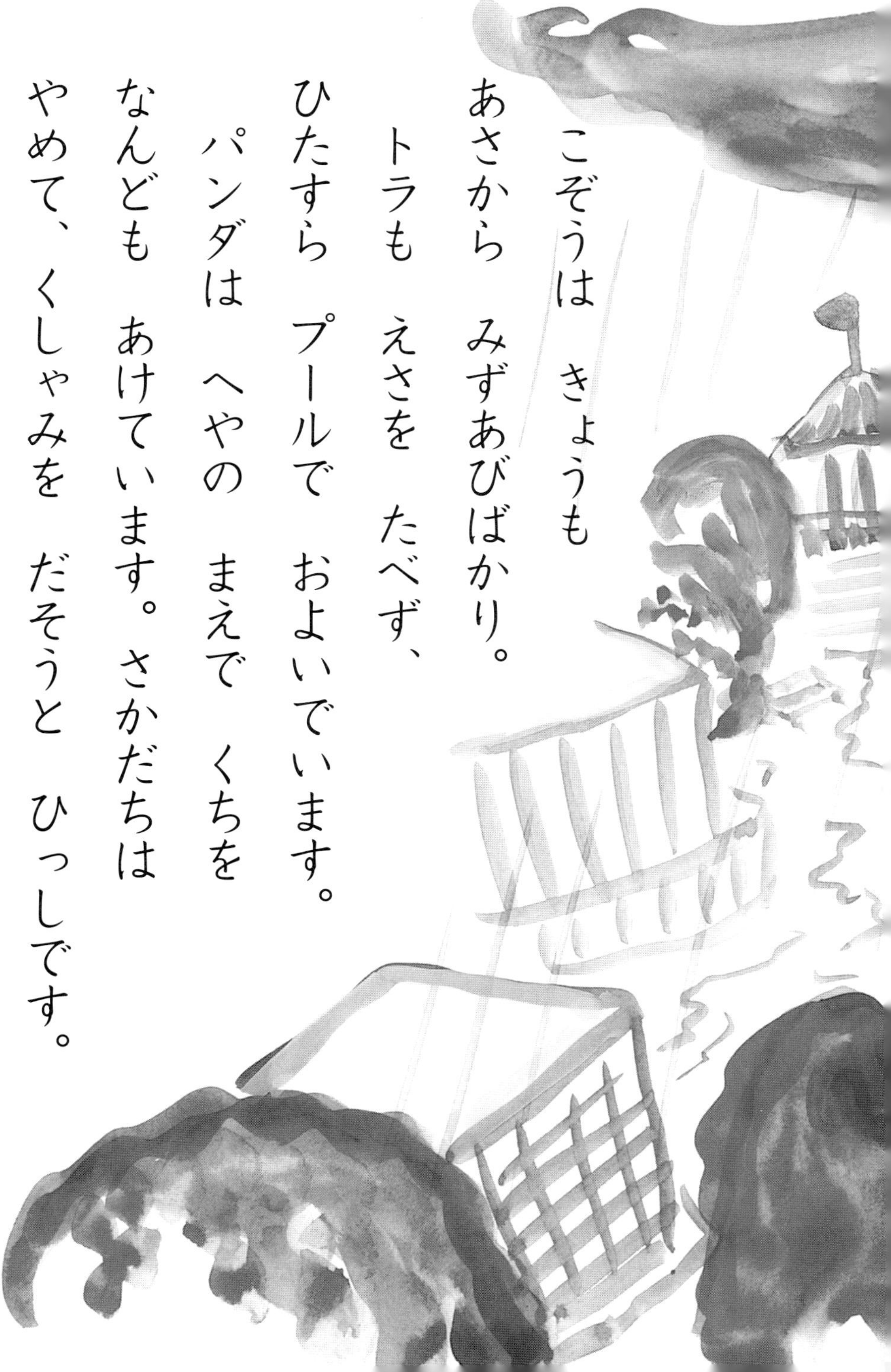

けれども、 なぜか チンパンジーだけは
おとなしく おりの なかに はいってきました。
「どうしたんだろう？」
よく みると、 くさを なんぼんも てに
もっています。
「いったい どうするつもりだ？」
みていると、 チンパンジーは しきりに くさを
はなの あなに つっこんでいます。
フガフガ フガフガ……

フガフガ フガフガ……

げんさん

チンパンジーは
いい　さくせんを
おもいついたのです。
「よし、もうすこしだ!
がんばれ!」
げんさんは
しんぱいしながらも、
よるが　まちどおしく
なりました。

ボーン！

こんやも　ひろばには
たくさんの　どうぶつが
あつまっています。
「では、げんきよく　どうぞ！」
へびの　こえを　あいずに、
ふらふらと　あらわれたのは　ごりらです。
「みてのとおり、おもいきり　かぜを　ひいて
きたぞ。こんやも　おいらが　ゆうしょうだ！」

そう　いうが　はやいか、

「ハッグ！　ゴホゴホッ
ゴホゴホゴホッ！」
大《おお》きな　くしゃみどころか、ものすごい
せきが　とまらなくなってしまいました。
ごりらは　とても　くるしそう。

「だいじょうぶですか？」
しんぱいの　あまり、へびは
しんさを　わすれています。
「とにかく　おだいじに」
ごりらが　よろよろ
さがっていくと、
「つぎは　ぼくの　ばんだな」
チンパンジーが　くさを
てに　もち、あらわれました。

「では、よく　きいてくださいよ」

そのときです。

「ヘークション！
ハークション！
ヘークション！」
ヘークション！！
ハークシ

それは　それは　大《おお》きな　くしゃみが
ひろばじゅうに　ひびきました。

「うわあ、いまのは
すごいぞ！」
「こんやの
ゆうしょうは
きまりだね！」
みんなが
チンパンジーに
大《おお》きな　はくしゅを
おくります。

ところが、
「あの、ぼくじゃ
ないんだけど……」
くしゃみの　ぬしは
チンパンジーでは
なかったのです。
「じゃあ、いったい
だれの　くしゃみなの？」
「おかしいわね」

どうぶつたちは　きょろきょろ　あたりを
みまわしますが、だれも　でてくる
けはいが　ありません。
なんと　その　くしゃみの　ぬしは、
げんさんだったのです。
「きょうは、おれが　ゆうしょうだ！」
げんさんは　どうぶつたちに　かくれて、
小《ちい》さく　ガッツポーズを　しました。

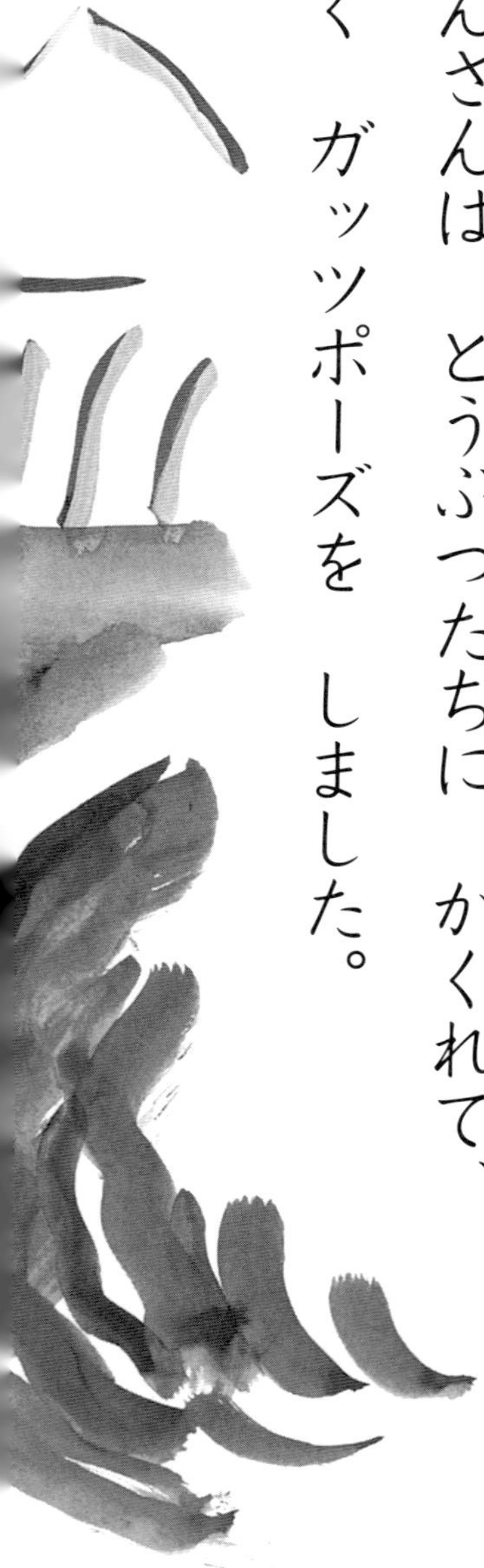

げんさん

つぎの日《ひ》の　あさです。
おりの　そうじを　はじめた　げんさんは、
とつぜん　どうぶつえんの　まんなかで
バタンと　たおれてしまいました。
たかい　ねつが　あるようです。
「くるしいよ。たすけて」
げんさんは　すぐに　きゅうきゅうしゃで
びょういんに　はこばれました。

その　よるの　こと。
「そういえば、
このところ
一《いち》ばん　あめに
ぬれていたのは
げんさんだったよな」
「うん。
おれたちの
せいで、かぜを

ひいちゃったんだよ」
「わるいこと
したね」
どうぶつたちは
こっそり
はんせいかいを
ひらいていました。

それからは　もう、まよなかの　くしゃみたいかいは
ひらかれなくなりました。
まもなく　げんきになった　げんさんが
どうぶつえんに　もどってくると、どうぶつたちは
これまでよりも　うんと　いうことを　きくように
なっていました。
「これで　やっと
あんしんだ。
でも、あいつらの

ことだから、
きっと
また　なにか
はじめるんだろうな」
げんさんは、
ちょっぴり
ひやひや
どきどき
しています。

作　中村翔子（なかむら・しょうこ）
大阪府生まれ。絵本出版社勤務を経てフリーランスに。おもな作品に『しりとりのだいすきなおうさま』（鈴木出版）、『カバのモモがママになった！』（教育画劇）、『きしわだのだんじりまつり』（リーブル）、『笑顔の明日にむかって』（あかね書房）などがある。

絵　荒井良二（あらい・りょうじ）
山形県生まれ。『ルフランルフラン』（プチグラパブリッシング）で日本絵本賞、『たいようオルガン』（偕成社）でJBBY賞、『あさになったのでまどをあけますよ』（偕成社）で産経児童出版文化賞大賞を受賞するほか、ボローニャ国際児童図書展絵本賞、小学館児童出版文化賞、講談社出版文化賞絵本賞など受賞多数。2005年には日本人として初めてアストリッド・リンドグレーン記念文学賞を受賞した。おもな作品に『ユックリとジョジョニ』（ほるぷ出版）、『はっぴぃさん』（偕成社）などがある。

まよなかのくしゃみたいかい

1996年10月25日　第1版第1刷発行
2019年11月1日　新装版第1刷発行

作　中村翔子
絵　荒井良二
発行者　後藤淳一
発行所　株式会社PHP研究所
東京本部　〒135-8137　江東区豊洲5-6-52
児童書出版部　☎03-3520-9635（編集）
普及部　☎03-3520-9630（販売）
京都本部　〒601-8411　京都市南区西九条北ノ内町11
PHP INTERFACE　https://www.php.co.jp/
印刷所　図書印刷株式会社
製本所　東京美術紙工協業組合
制作協力・組版　株式会社PHPエディターズ・グループ
装　幀　本澤博子

ISBN978-4-569-78898-2

NDC913　79P　22cm

グション
フ・フ・フンガクショーン
ビーグション
ブシャイ
ンゴックション
バッション
ハックショーン
グワッショイ
ヘハ・ヘハ・
ヘハクション
ハッグジョン
ハッビション
ヒ・ヒ・ヒグジョン
ション
ョイ